KB062092

천년의 시 0149

감정 여행, 그 소소한

천년의시 0149

감정 여행, 그 소소한

1판 1쇄 펴낸날 2023년 7월 31일
지은이 박형욱
펴낸이 이재무
기획위원 김춘식, 유성호, 이형권, 임지연, 홍용희
책임편집 박예솔
편집디자인 민성돈, 김지웅, 정영아
펴낸곳 (주)천년의시작
등록번호 제301-2012-033호
등록일자 2006년 1월 10일
주소 (03132) 서울시 종로구 삼일대로32길 36 운현신화타워 502호
전화 02-723-8668
팩스 02-723-8630
블로그 blog.naver.com/poemsijak
이메일 poemsijak@hanmail.net

박형욱ⓒ, 2023, printed in Seoul, Korea

ISBN 978-89-6021-725-6
      978-89-6021-105-6 04810(세트)

값 11,000원

*이 책 내용의 전부 또는 일부를 재사용하려면 반드시 저작권자와 (주)천년의시작 양측의
  동의를 받아야 합니다.
*잘못된 책은 바꾸어 드립니다.
*지은이와 협의에 의해 인지는 생략합니다.
*이 책은 충청북도, 충북 문화재단의 후원을 받아 문학지원사업의 일환으로 발간되었음.

감정여행, 그 소소한

박형욱 시집

천년의
시작

시인의 말

독서하던 중, 감정을 48가지로 나누어 정의하고자 했던 스피노자의 시도에서 영감을 얻었습니다. 오래된 일기장을 꺼내어 읽듯, 제 인생에서 마주했던 48가지의 감정의 순간들을 다시 소환해 보는 작업은 재미있고 흥미로웠습니다. 필요한 이유로 제 고등학교 생활기록부를 본 적이 있습니다. 3학년 담임 선생님께서 단 한 마디로 "감상적임"이라고 평가해 놓으셨더군요. 칭찬으로 들리지 않았던 그 말이 맘 한구석에서 콤플렉스로 자리 잡아 가슴보다 머리로 먼저 더듬어 보고 행동하는 삶을 모범으로 삼으려 했습니다. 그러나, 나이를 먹어 갈수록 선생님의 관찰 평이 옳았음을 인정해야 했습니다. 감정의 과잉을 덜어 내는 노력은 아직 진행 중인 과제임에도 매번 좌절하는 나를 만나고 있습니다. 존경하는 성인의 지혜, 전화위복의 자세로 타고난 풍부한 감정을 잘 살려 보자는 방향으로 생각을 돌리고 살아갑니다. 그 과정에서 운명처럼 시를 만나 맘껏 감정을 쏟아 내는 기쁨도 잠시, 시는 절제의 미학이라는 선생님들의 말씀에 고개를 끄덕이며 다시 갈 길이 멀게만 느껴집니다.

우리말 중에 '오만 가지 감정'이라는 표현이 있듯이 하나의 감정에도 사람마다 상황에 따라 각기 다른 느낌이 중첩되어 있을 것입니다. 하여 여기에 놓인 시 또한 감정에 대한 정의가 아니라 지극히 사적인 느낌임을 밝혀 둡니다. 글은 그 사람을 닮아 있다는 말을 좋아합니다. 글을 통해 각자의 그 사람을 만나는 계기가 되었으면 하는 바람입니다. 또한, 미처 정돈되지 못한 감정과 생각을 두서없이 옮겨 놓은 이 시집이 이웃의 평범한 사람들과 소통하는 통로가 되었으면 좋겠습니다. 다만 사유를 깊고 넓게 하려는 연마와 실천이 따르지 못하는 허언을 경계하고자 함은 여전히 부족한 제게 숙제로 남아 있습니다.

두 번째 시집이 무사히 나올 수 있도록 격려해 준 가족과 친구들 그리고 모든 면에서 지원을 아끼지 않으신 담양 김규성 선생님과 졸고임에도 해설을 맡아 준 광주교대 선주원 교수에게 무한한 고마운 마음을 전합니다. 지면을 배려해 준 '천년의시작'에도 감사드립니다.

차 례

시인의 말

제1부

감사 1 ——— 13

감사 2 ——— 15

경탄 1 ——— 16

경탄 2 ——— 17

질투 1 ——— 18

질투 2 ——— 19

대담함 ——— 20

박애 1 ——— 22

박애 2 ——— 23

음주욕 1 ——— 24

음주욕 2 ——— 27

공손 ——— 28

후회 1 ——— 30

후회 2 ——— 31

희망 ——— 32

환희 ——— 33

복수심 ——— 35

제2부

조롱 ——— 39

호의 ——— 41

회한 ——— 42

경쟁심 1 ——— 44

욕정 1 ——— 46

욕정 2 ——— 48

야심 1 ——— 49

야심 2 ——— 51

탐욕 ——— 53

잔혹함 ——— 55

과대평가 1 ——— 56

과대평가 2 ——— 57

분노 ——— 58

적의 ——— 59

미움 ——— 60

오만 ——— 61

제3부

겁 ——— 65

절망 ——— 66

연민 1 ——— 68

연민 2 ——— 70

슬픔 1 ——— 72

슬픔 2 ——— 74

동정 ——— 76

비루함 ——— 77

경멸 1 ——— 79

경멸 2 ——— 81

멸시 1 ——— 83

멸시 2 ——— 85

두려움 ——— 86

치욕 ——— 88

확신 ——— 90

소심함 ——— 92

수치심 1 ——— 93

수치심 2 ——— 95

제4부

사랑 ——— 99

자긍심 ——— 101

겸손 1 ——— 102

겸손 2 ——— 103

욕망 ——— 104

반감 ——— 105

당황 ——— 106

동경 1 ——— 107

동경 2 ——— 108

영광 1 ——— 109

영광 2 ——— 110

탐식 ——— 111

끌림 1 ——— 113

끌림 2 ——— 114

쾌감 ——— 115

해 설

선주원 소소한 삶의 순간에 만난 감정들을 위해 ——— 116

제1부

감사 1*

한 석 달 마을을 비웠다가
돌아오는 내 첫 얼굴을 보곤
아랫집 아주머니가 인사로 던지는 말

잘 놀다 왔어유~?

아니 놀다 온 건 아니구
글이란 걸 좀……
장광설을 하려다 피식 웃으며

네 잘 놀다 왔어유
짧게 대답하니
기분 한결 좋아진다

잘 놀다 가는 게 잘 사는 거라
기분 좋게 일러 주신다

봄 밭갈이를 앞두고
겨우내 바람이 저지레해 놓은
검불이며 나뭇가지를 주워 내는

저 노인의 몸짓이
오늘은 그리 무거워만 보이지 않아

고맙다!
잘 놀고 계신다
오늘 하루 또 잘 살아 계신다

* 감사(gratia): 스피노자의 『에티카』에서 인간의 감정 48가지 분류에 따라.

감사 2

씨앗이 밀어 올린 하늘을
개미가 조금 더
제비꽃이 조금만 더
장독대 항아리도 우직하게
나도 힘을 보태자 어영차~
그 옆 반송은 반쯤
키 큰 층층나무는 우쭐하게
앞산이 이어받아 봉긋

올라간다 올라가
태백 준령 이어받아 백두산
다시 한번 으라차차~
에베레스트 만년설 위로
하늘이 들린다

하늘이 높아진 만큼
모두 제 높이에서
힘을 써 받들고 있다

경탄 1

빗방울에 꽃이 젖어
꽃물이 떨어집니다

예쁜 것들은 젖어도 곱구나

경탄 2

꽃망울부터 터트리고 보아
봄꽃은 울 일이 많다

바람이 불 때마다
한 장 한 장 날려 보낸
꽃 편지

답장은 언제나 기다림보다 게을러
명치끝이 아리다

울지 마라
너는 스칼렛 오하라
차라리
지금 네 앞에 서 있는
내 손을 잡아 다오

봄비 내리는 벚꽃 길
지나는 바람
멀어지는 꽃비에
나는 젖는다

질투 1

아들아
넌
아빠가
누군가보다 못났다고
비교당했을 때도
흐뭇했던
단
한 사람!

질투 2

이름부터
신세계
지하 삼 층 주차장에서
에스컬레이터를 타고
올라간다 지상으로

번쩍 펼쳐지는 신세계
주름이 없는 얼굴들
구김이 없는 상품들
꾸밈없이 밝아 보이는 젊은것들
내가 가져 보지 못한 신세계

세계를 다 담아도
무게가 없다
eye shopping 중이다

대담함

둘째 아이 출산 예정일
병원 가까이 사는 처형 집에서
초조하게 때를 기다렸지

밤늦게부터 진통이 시작되었나
안절부절 병원으로 가자는
내 손을 뿌리치며 말했지
"아직 아니야"

첫째 아이 출산 때
미리 가서 분만 촉진제 맞고
열두 시간을 시달리고도
결국 배를 갈랐던 경험이
당신을 더 대담하게 만들었을까

식은땀을 흘리며
이리저리 몸을 뒤척이면서
몇 시간을 더 참다가 내게 말했지
"여보 더 이상 못 참겠어"

\>

몰라서 용감했을까
응급차 부를 생각도 못 하고
내 차를 타고 갔지

분만실로 들어간 지
삼십 분이나 되었을까
"사내아이 순산입니다"
큰일 날 뻔했다는 꾸중과 함께
당신을 다시 볼 수 있었지

난 가끔 그런 생각을 해
아무리 센 척하는 사내도
여자가 대담하면 무릎을 꿇는다

박애 1

"세상에 이런 일이"*
암탉이 새끼 고양이를 품고
고양이가 병아리를 감싸고
염소에게 젖을 물리는 개
강아지에게 품을 내어 주는 사자
개에게 곁을 주는 호랑이
닭에게 등을 내주는 소

박애!
다름을 품는 것에서 시작하여
세상에 이런 일이
기적에 가까운 경지로 가는 것

* 《세상에 이런 일이》: TV 프로그램.

박애 2

죽을 때까지 머리 굴려도
남자는 따라가지 못할
여자들의 우월한 정서

아마
공감을 먹고 산다지

한 시간 이상을 통화하며
맞장구쳐 주는
저 신통한 능력

아내가 없는 날이면
아침부터 밥 먹으라 챙기는
오랜 세월 잘 익은 이웃 엄마들

외로울 새 없게 만드는
저 널리 사랑스러운
오지랖!

음주욕 1

학교도 들어가기 전

배가 아프다고 하면
외할머니는 막걸리에
설탕을 타서 주셨다

중학교 일 학년
친구 집의 벼 베기를 돕고
녀석이랑 중앙시장 옥상에 숨어
고팠던 막걸릴 퍼먹었다
또래 계집애들의 첫 월경마냥
그날 밤 이부자리에 첫 토를 했다

고등학교 때는
학교 인근 호수가 딸기밭이나
반 친구 자취방도 좁아
시장통 술집을 단골로 잡아 놓았다

시골 출신들은 일찍 술을 깨쳤다
고등학생도 제법 나이 값을 쳐주었다

>
대학생이 되고는
일찍이 갈고닦은 음주 실력을
맘껏 뽐냈다

80년대, 시국이 시국인지라
달리 취미라고 할 게 없었다
무슨 모임이든 꼭 뒤풀이가 있었고
거기에 술은 껌딱지처럼 따라 붙었다

취직하고 결혼을 하고
지지고 볶고 살면서
기쁠 때나 슬플 때나
술은 늘 내 곁을 지켜 줬다
마치 소꿉친구가
여자 친구가 되고
캠퍼스 커플이 되어
오빠가 아빠로 된 것처럼

내게 술은 조강지처다
이 애달픈 것과

어찌 헤어질 생각을 한단 말인가

수명이 다할 때까지
서로를 의지하며
같이 늙어 가야지

음주욕 2

나에게 술은
허용된 약물의 최대치

대마초
모르핀으로 시작했더라면
지금쯤 세상에서 흔적을 지웠으리

나는 풀 먹인 마분지
술은 풀어헤치는 칼날

깨어 있을 때 나는 고체 연료
술은 불꽃

충동과 중독의 스와핑
호리병 속의 여인
때론 나만의 남자
영원한 짝사랑

공손

잠시 한솥밥을 먹으며 가사를 도와주신
막내 고모가 회고하신다
한 살 차이 조카인 형은 깍듯했는데
너는 고분고분하지 않았다고

순종적인 형과 달리 나는
명령형인 말투에는 반항부터 했다

학교 선생을 하는 오랜 친구가
오십이 훌쩍 넘은 이 나이까지
제 맘대로 사는 놈은 너밖에 없을 거라며
비난인지 부러움인지 모를 소릴 한다

내 맘속에서 격랑이 인다
다소의 부끄러움과 겸연쩍음도 있지만
고개 좀 내밀면 뜯기고 마는 잡초처럼
내게도 고독과 슬픔이 자란다

겸손과 공손을 어른의 무기로 휘두르는 경우를 많이 본다
아직 덜 익었다는 소릴 듣는다 해도

나는 아직 내 주머니 속의 송곳을 꺼낼 맘 없다
다만 품어 주는 아량을 더 키우려 애쓰런다

청유형 어미에
나는 누구보다 다소곳하다

후회 1

후회 없이 산다는
사람이 있으면
거리를 두자

후회할 일은 안 만들겠다는
사람이 있으면
손잡아 주자

눈 덮여
발자국 하나 없는
새하얀 토담 길

첫발은 딛자

후회할 듯 예쁘지만
밟아야 길을 내지
그래야 살지

후회 2

자전거를 타다가
슬쩍 발바닥을
길 위로 끌어 본다

지금 닿지 못하면
영영 돌아오지 못할 것 같은 지점이 있다

저지른 것과 그러지 못한 지점 점 점 점
점과 점의 집합 선, 선상은 후회를 내포한다

산다는 것은 선상에서 자전거 타기
시인은 지점을 포착하는 주술사

나는 발을 딛고 노래하리
함께 노래 부르리

희망

너는
거리의 바닥
바람에 쓸려 다니는
전단지

구인, 구직, 대출, 월세, 전세, 로또……
화끈한 밤, 거룩한 밤, 국제결혼, 무병장수, 실종……

봐
희망은
욕망과 절망의 비빔밥

거 봐
희망할 게 없는 희망자가
이 시절의
진정한 챔피언!

환희

보험사 외판원 뚜벅이 시절
갈 곳 많아도 오라는 곳 없는
빌어먹을 문전박대

돌담길을 걷는다
발길 닿는 대로
뚜벅뚜벅
벼랑 끝까지

몸을 던졌다
반쯤 열린
통신 설비 사무실로
될 대로 되라지

달려드는 한 무리의 사내들
해병대?
네
몇 기?
너보다 한참 전 기
필승!

>
일곱 명 모두
약관에 서명한다
실시! 실시~
복명복창 기합 들었다

시트콤같이
환하게 기쁨 주는
기억의 한 토막

복수심

운이 좋았다
양팔간격 사람들 중
미운 사람 없다

독을 바른 화살은
공중으로 쏘았다
그건 수백만 시위 중 하나
그럼 됐다

나의 적은 나
먼 길을 돌아 찾아낸
영원한 출발점에서
숨을 고른다

제2부

조롱

세상에나! 이 땅에
이렇게 미인이 많은 줄
미처 몰랐네

마주 오는
모오든 여자들이
마스크를 쓰고
다가오기 전까지는
미처 몰랐어

반달 같은 이마에
하나같이 쌍꺼풀진 눈으로
눈웃음 건네는 것만 같아

입은 닫고 귀는 열고
맑게 닦은 마음의 창만을
바라볼 수 있다면
젠더gender 감수성에도
바이러스 감염 막을 수 있겠네

>
눈으로만 말해요
다시 마스크 벗고 살아도
앞으로는
눈으로만 말해요

호의

베푼다는 말 뒤에 감춰진
속살마저
깨끗이 닦아 내고 나면
나는 보여 준 적은 있으나
베푼 적 없다

미소년의 얼굴로
밤마다 고참들의
죽부인이 되어야 했던
자네를
내 침상 속으로 숨기던 날
속마음은 자넬 넘봤다
취향은 아니지만
투견장 소굴 같은 병영에서
여리고 부드러운 것이
너무도 그리웠다

편애하는 자네를
시기하던 눈빛들이
꿰뚫어 보던 속살
호의!

회한
―백기완 선생 별세에 부쳐

그의 할아비가 죽으면
그 집 왕래할 수 있을까
목매 기다리던 사람들
다 죽었다

다시 아비가 없으면
그 집 담장 넘을 수 있을까
기웃기웃 기회만 엿보던 사람들
다 늙었다

이제 저 새파란 것이 시들어야
그 집 대문 열릴까
안절부절 서성이는데

변하지 않는 건
이상하게도 죽지 않는 건
싸다 비싸다
구경꾼들
감 놔라 배 놔라
훈수꾼들

>
세습된다
살아와 생전이
반복되며 모호하게
살아생전으로

보고 싶다
죽기 전에라는 말처럼 선명하게
꼭 한 번만이라도*
죽기 전에……

* 강산에의 노래 〈라구요〉에서.

경쟁심 1

봄 꽃 시장 열리면
숲속 생강나무
오솔길을 내려오며
돌아갈 길 어두울까
노란 꼬마전등을 켠다

향토 특산물로 내놓은 산수유
노랑 꽃차 한잔 목을 축이고 있자면
양지바른 담벼락 아래
개나리 좌판을 깔기 시작해

수제 아이스크림 같은
목련은 금세 녹아내려서

선착순 판매!
호객을 하지

화들짝 놀란 진달래
봄맞이 할인 대잔치
꽃분홍 현수막을 걸어

등산객 시선을 홀리고

분위기는 무르익어
판이 다 깔리면

벗나무가 대형 마트처럼
전국으로 대로변마다
면 단위 골목 상권까지
벚꽃 폭탄 세일!
왕창 풀어 놓는 거지

그러면 게임 끝
손님들 다 쓸어 담는 거야
재미는 혼자 다 보는 거야

욕정 1

떠돌이 개처럼
바람이 흘리는 욕정이나
주워 먹고 사는 게
삶의 일회성에 복수하는 길이라며
밤거리를 배회했다

홀로 달뜨는 밤이면
멀리에서 사랑을 찾은 죄,
벌로 받은 외로움을 애무하듯
민감성 피부용 크림을 바르고
자위하며
눈을 감았다

그럴수록
더 가벼워지는 존재의 심연深淵은
모래 폭풍 자욱한 사막,
지독한 갈증의 환상
신기루를 본다

그것은 자학,

술을 붓는다

가득 채워진 오아시스에

풍덩 온몸을 던진다

욕정 2

계절이 없는 곳에서는
나이를 모르고 사는
사람이 있다고 들었다

아랫도리만 놓고 보면
수놈으로 사는 게
참 구질구질하다

다음 생이 있다면
나이를 가늠할 수 없는
여자로 태어나고 싶다

야자수 사이로 지는 태양을 보며
파도가 달빛을 안고 울렁울렁 춤추는 밤
구애하는 수놈들 고루 품어 주는
원시의 비너스처럼 살고 싶다

야심 1

마음이 광야에 가 있어서
그랬나
교과서에 실린 야심가들

알렉산더, 징기스칸, 나폴레옹

찰나를 살다 간 당신들이
이뤘다는 업적이
수 세기에 걸쳐 칭송받을 만한가?

세계사의 지도를 바꾼 것
그것이 업적이라면
그 국경선 지금 쓰지 않으니
이제 그 공은 없는 거다

문화와 문화의 교류 그것은
처음부터 계산에 없었으니
코끼리가 짓밟아 생긴 웅덩이에서
뭇 짐승들이 목을 축이는 격

\>

그러니 이제 위인전에서
그들의 이름을 내리자

그들의 야망에
불쏘시개로 쓰이다 사라져 간
수백 수천만의 영혼들을 위해
다시 한번 묵념을 하자

야심 2

가라 해서
걸어온 길이 아닌데
곱씹어 볼수록
내가 선택한 길로 왔는데
못 미치는 것투성이

야심이라 부르지도 못할
미망迷妄의 늪에서
허송한 세월

마치 희생양처럼 삼아온
부모와 가족들에게
게워 낸
역겨운 독설과 원망

다 받아 준 무른 살들이
견뎌야 했던 그믐의 밤들

치워라
이제 그만 걸어라

>
회색빛 커튼 뒤로 숨어
차마
하늘을 올려다보지 못하는
남루한 자화상

탐욕

서울의 달 강남
어느 빌딩

돈을 돈이라 말하지 않고
쩐이라 부르던 일 년 선배

매시간 같은 얘기를
다른 내용이라며
사람만 달리하여 세뇌하던
다이아몬드 자리로 올라가는 법,

누구나 해야만 하는 일인 듯
자석요의 자력이 집요하게
다단계의 늪으로 잡아당기는
순간

문득
샘솟는 반발력
마침 그날은
그녀의 생일

>

행복으로 가는 길은
동굴 밖으로 이어져 있음을
귓속말해 준다

그녀는 에우리디케*

뒤돌아보지 않아야
다시 만날 수 있을 것 같은 직감으로
돌아설 수 있었다

* 에우리디케: 그리스 신화 중 오르페우스의 아내.

잔혹함

어떻게가 아니라
어째서이다

왜냐면

사람만이
타인의 희망을 훔쳐
절망을 빚는 놀이를 하지

과대평가 1

부모는 자식을
자식은 부모를
아내는 당신을
당신은 아내를
과대평가하지
적어도 처음에는

특별한 줄 알았는데
모두가 결핍이 있는 방랑자
그래서 노여움도 더 큰 거야

세상에 일방적인 건 없어
어려운 거야
눈높이를 맞추고
있는 그대로를 사랑해 줘야지

부러울 것도
부족한 것도 없는
가족이 되는 거야

과대평가 2

한때 내 SNS 애칭은 '속물'

나에게서 나에게로 보내는 조롱

뼈아픈 반성의 피켓을 들고

사거리에 서 있는 내게

한 여인이 다가와 고백했다

닉네임이 낭만적이네요!

그럼 나와 지금 당장 모텔로 갈까요?

당신처럼 멋진 남자에게

소인처럼 미천한 것이 가당키나

이런 젠장

속물을 겸손으로 읽어 버리는

대략 난감한 사태

낭패다

쩝!

분노

길가
모래 알갱이
하나하나
사력을 다해 쌓아 올린
개미의 아성

나그네의 무심한 발길에
툭 차여
우르르 무너지는구나

그림자마저 거두어 간
나그네의 발길은
보이지 않는데

뿔난 개미들
혼비백산 우왕좌왕
들고 뛰누나

적의

행인의 발걸음 소리에도
놀라 짖고 보는 백구야
괜한 힘 빼지 말라

한 생을 묶여 사는
네 신세 한탄인지
불시에 얻어맞은
의문의 아픈 기억 때문인지
난 모르겠다만

담력을 키워야
여유가 생기지

분별이 있어야
네가 편하다

미움

미워하는 사람이
너덜너덜해지더라
미움받는 사람이 더 강자더라
오래 끌면 안 되겠더라

그래도 미워지면
미움 다음 비움

오만

다초점
반은 오목
다른 반쪽은 볼록

두 눈을 바로 뜰수록
뒤틀리는 형상

몹시 피로하다면
눈을 감을 것

잠시 후
눈을 뜨고
거울 앞에 서라

보여지는 게 아니라
보고 있는지 모르는……

제3부

겁

설날 아침
내 앞에 놓여 있는 가래떡
한 가닥
외나무다리 같다

그루터기 잘린 목을
조여 오는 나이테

또 한 살
먹는다
겁怯을 먹는다

내딛는 발걸음 움츠러드는데
등 뒤로 내리는 함박눈은
걸어온 발자국을 지우고

내 귀에만 들리는 귀울음 소리
들려줄 길 없어 먹먹한 마음에
귀밑머리 잔설만 쓸어 올리는 아침

절망

일 나갑니다
몸 아픈 날 빼고
일합니다

쉬엄쉬엄하라고 핀잔주면
"놀면 뭐 해 돈만 쓰지"
오랜 친구는 대꾸하며
일 찾아 나갑니다

놀 줄 알지요
여행도 가고 싶고요
생활비 학비 됐다 싶으면
병원비 대출이자 생각 못 한 경조사비
별안간 쓸데가 생기지요

배운 대로
한눈팔지 않고
열심히 살았는데 제자리입니다

끈끈이에 붙은 파리처럼

이 별의 늪지에
불시착한 건가?

몸부림칠수록
등대의 불빛은
점점 파리해 보입니다

연민 1

달의 뒤편처럼
가늠할 수 없는 표정
깊이를 알 수 없는 그늘을 가진
오래 알고 지냈던 사람아

네가 먼저 내게
사랑한다는 말을 던졌다고 해도
나는 대답 못 했으리

너를 그윽이 바라본 건
쓰고 남은 여분의 감정
미안하다

혀로 사탕을 굴리듯
내게 건네려던 말
끝내 목젖 너머로 삼키며
갈림길로 사라져 간 사람아

잡을 수 없었다
팽팽하던 줄은 끊기고

\>

연은 날았다

연민 2

용역 사무실로
일꾼을 사러 간다

손가락을 펴
두 명을 요구할 뿐
말을 삼킨다
사장과는 얘기 됐음으로

지금 뒷자리에서 달관한 듯
지그시 눈을 감고 있는
익명의 두 외국인 노동자
어디서 많이 본 듯

멀리, 차에서 내리지 않고 멀리
갈 수 있는 곳까지 가고 싶어진다

훈련소 마치고 자대 배치 육공 트럭 안에서,
수배 도중 공안 경찰에게 잡혀
머리를 숙이고 구겨져
어디론가 끌려가던 검은색 승용차 안에서

>

이미 엎질러진 물,
나도 그랬다
멈추지 말고 계속 갔으면……

그 맘 알 것 같아
그냥 이대로
이대로 쭉 달려
마음만 바다에 닿는다

슬픔 1

나무야
나는 가도
너는 남아
누군가의 날숨을 받아들이며
누군가의 들숨을 돕고 있겠지

삽자루를 괴고
먼 하늘을 바라본다

숨을 붙들고 사는 것들은
왜
말이 끊기는 마디마다
하늘을 올려 보는 걸까

그러게 말야
맞장구치며 되물어 오는
지금 여기
나를 둘러싼 사방 모오든 것들

혼자다

어제의 그림자도 찾아볼 수 없는

아무도 없는 여기서

오늘보다 오래된 내일도 없이

홀로

제 몫의

나무를 심고 있다

슬픔 2

손은 엄마
가난한 집안에서 좀
덜 가난한 집으로 시집와
장사를 하기로 결심하신

문지르면 배앓이가 씻기고
조물조물 한 식구를 살리고
맵차게 종아리를 때리며 속으로 우시던
쉴 수도 없고 놀리지 않을 수도 없는
일밖에 모르시던 엄마의 손

발은 아버지
가난한 농부의 집 장남
하루에 열 마디도 안 하시는 과묵한
어쩌다 팔자에 없는 장사를 하게 되신

동에 번쩍,
리어카에 연탄을 싣고 언덕을 오르다
서에 번쩍.
짐발이 자전거로 물건을 배달하며

세우면 뒤로 밀릴까 멈추면 쓰러질까
쉼을 모르던 아버지의 발

하지만 손과 발은 잘 맞지 않았지
자식 땜에 아직도 자식 땜에
손과 발은 한 지붕 아래 사신다네요

동정

사람의 몸에
세 개의 목이 있는 줄
손목이 시려서 알았다
발목이 부어서 알았다

얼굴 달고 사는 모가지야
꼴값이라도 한다지만

손모가지는
발모가지는
일만 하다가
버티기만 하다가

잘려도 그만
썩어도 그만

비루함

나와 이름이 같은
유명 조련사가
문제의 개를 길들인다

한 손에 목줄을 쥐고
다른 한 손에는 간식을 들고
맘씨 좋은 아저씨 미소를 하고
다만 복종할 때만

보폭보다 앞서가면
목줄을 당겼다 놓고
그래 잘했어
손톱만큼의 간식을 주면
꼬리를 흔든다

목줄과 음식을 다 쥐고 계시니
생살여탈권을 가진 황제 아니신가

그래도
개로 태어나 이 정도 팔자면

호사라 자위해야지

슬픔이 여물어 인내심이 되면

곧 복종도 익숙해질 거야

경멸 1

언제인가부터
새로운 사람을 사귈 때
내가 먼저 미리 말한다네

사람은 사계절 다 겪어 봐야
그 면면 알게 되는 것 같으니
천천히 가 보자고

벌거숭이 고향 친구에게 실망하면
그 친구 사정 속속들이 아는 마당에
끝내 내 탓이요 분을 삭이지만

급히 가까워지는 이는
나부터 그 사람 명함에 끌리는 경우가 많아
조금만 서운해도 믿음을 거두고
단계를 뛰어넘어 바로 돌아서더군

사람이 사람을 경멸한다는 게
어디 보통 일인가?
내 탓이요

내 안에 있더군

다른 이유는 없다네
기대보다 많이 모자란 나 때문에
그 사람 맘 다칠까
사계절 다 겪어 보자
천천히 가 보자는 걸세

경멸 2

많은 사람을 경멸했다 그건
곧바로 내게 돌아오는 메아리

막다른 골목 혹은
까마득한 절벽 그 앞이라면
소리치지 마
무리하지 마
독설은 내게 되돌아오는 독

경멸!
여기까지 왔다면
너무 멀리 온 거야
여긴 뒤돌아설 줄 알아야
길을 잃지 않는 숲속

매타작을 당해서
온 마음에 멍든 골병은
대통 안으로 스며들어
말개진 똥물이 약이라지

\>

인제 그만

심호흡 세 번 하고 돌아서기

첫 마음자리 찾아가기

멸시 1

그의 할아버지는
6 · 25 사변 때
지주 신분으로 총살

그의 아비는
100세가 넘도록
손에 흙을 묻히지 않고
아침에 다방으로 출근
저녁에 퇴근

죽기 전에 망령이 들어
농장으로 올라가는 나를
붙들고 말했지
"여기가 내 땅이여 내 땅"

아비가 죽자 귀향한 그는
전 유엔 사무총장이
고등학교 동기인 게 자랑인
전직 고위 공무원

＞
그가 어느 날
농장으로 올라가는 길을
바윗돌로 막으며 말했다
"자네한테는 감정 없네, 종중에서 날 멸시해서"

그의 종중 땅을 임대하여
23년째 농사를 짓고 있는
소작인이
눈에 보이지 않나 보다

그 일 뒤로
내 눈에도 그가 보이지 않는다

멸시 2

열리는 현관문
신발 벗는 헛디딤 소리
말이 따라붙지 않는 귀가

움직이는 배경과
움직이지 못하는 배경의 조우
나는 눈동자만 살아 있는
식물인간
태연히 옷을 갈아입는 배경

부부 싸움 일 주째
거울에 비추이는 풍경

의도된 무관심을
무차별 퍼붓는
저리 차가운 화살
멸시!

두려움

넌 너무 많은 걸 알고 있어
행복을 위해 충분한 것 이상으로
두려움은 전염되지
불안해하는 사람 때문에 불안한 거야
두려움은 증식되지
너만 모르고 있을까 봐
알아야 하지
지구 반대편 나라의 사정까지
바이러스 때문이라니
물가가 오르고 대출이자 폭등이
다른 나라의 전쟁 때문이라니
두려움은 증폭되지
더 많은 걸 알아야 할 것 같지
눈만 뜨면 귀만 열면
관심을 먹고 사는 입들이
정보란 이름으로 떠들지
미래의 상품으로 불안을 만들어 팔지
새 앱을 깔고 회원 가입을 해야지
아이디를 입력하고 비번을 넣어야지
너무 많은 걸 알고 있어

바꿔야지 새 아이디와 비번으로

깔고 깔고 또 깔아야지

불안하지 않으려면

두려움에서 도망치려면

치욕

문화혁명 시절
홍위병의 행태를 비판할 때
나는 자유롭지 못하다

젊은 의기와 얕은 소견을 가지고
명백한 시비를 가리기는
이미 불가능함에도
대중 앞에 세워
희생양을 여럿 삼았다

평생 함께할 인연이라고 생각한 사람이
내게 뼈아픈 실수를 했을 때
사냥으로 잡은 짐승을 단칼에 죽여
고통을 줄여 주는 정도의 배려도 못 했다
오히려 반성의 얼굴을 하는
그를 몰아세워 두 번 죽였다

자존심이 있는 동물
불완전한 존재인 사람
극단의 행위는

언젠가 나의 목숨을 노리는 부메랑

두 번 다시 안 볼 사람이라도

지켜야 할 선이 있었다

확신

책장을 넘기다가
이름 모를 작은 날것이
착지하는 순간 검지로
스윽 지워 버린 경험이 있는가

뭉그러진 파리똥처럼
마른 풀빛 유성이
꼬리를 끌며 한 획을 긋는다

사라진 걸까
지워진 걸까
우물 안으로
던져 보는 돌팔매

늙는다는 것은
확신할 수 있는 어록의
부피가 줄어드는 것

밑줄을 긋다가
결국

숙제를 남기고
사라지는 것

소심함

멋진 배우를 보면 배우를 할 것을
탐험가를 보면 저렇게 살 것을
여행가를 보면 저것도 좋겠네
사업가를 만나면 돈도 벌어야지
산중 거사를 보면 그래 다 욕심이야

다람쥐 볼우물에
도토리 주워 담는
늦가을 오솔길
나무는 잎 떨구며 몸집 줄이는데
가지 위에 자벌레의 잰걸음

수치심 1

집에서 듣고 학교에 가면
같은 말 또 들어야 했다

다 너를 위해 하는 말이니
인정하고 싶지 않아도 인정해
너보다 내가 널 더 잘 알거든

비교적 너를 사랑하니까
비교해서 보여 줄게
결론은 비교적 못났다는 거지

'사랑의 매'와 같은 기법이랄까
수치심을 통한 동기부여
아픔의 질은 다르지만

회초리의 아픔은 잠깐
말로 당한 구타는 오래가
책장을 넘기고
앨범을 들출 때마다
멍든 자리가 아파 오지

>
비교적 별로였던 이 방법이
세기의 뒤안길로 떠나고 있다

꼭 해 봐
칭찬을 하다 보면
칭찬할 이유를 하나하나 찾다 보면
네가 먼저 치유되거든
칭찬하는 사람이 먼저 어른이 되니까

수치심 2

말끝마다
씨발!
장단을 얻는
또래 방송인이 좋다

술 한잔 같이 하고 싶은
펄펄한 기운이 좋다

그나 나나
여러 점 부끄럽기는 할 터
좀 뻔뻔하게 얘기하자면
죽을죄 지은 게 없는 정도

그렇다면
백기 투항을 할 수 없지 않은가?
한 주먹 남은 자존심
실체가 뭐든

가끔은
성깔 있다

소릴 듣는
내가 좋다

제4부

사랑

이른 봄
몸 다 풀렸나 보다
개구리 종족 짝짓기 경기 중이다
사생결단!
암컷의 허리를 양팔로 말아 쥐고 뒹군다
그레코-로만 스타일로

경기장은
논바닥 작은 둠벙
물 수평을 이룬 곳

단칸 셋방살이면 어떠냐
너만 있다면
체면이고 계산이고
훌훌 벗고 뒹구는 날것들의 체온

겹쳐 보인다
코카잎을 씹으며
숲속 작은 연못에서
한 쌍의 분홍돌고래처럼

알몸으로 구애의 몸짓을 나누던
아마존 원시 부족 연인들의 사랑이

쩌릿! 소름 돋는다
꺼져 가던 수컷의 본능이
불끈, 저놈과 한판 붙어 보고 싶은
투쟁심 솟는다

그래 사랑은 쟁취하는 거야
가장 살찌고 육감적인 암컷을 위하여

자긍심

어느 산

신령스러운 계곡이
난생卵生한 바위

그믐밤 장맛비 급류에 떠밀려
둥글둥글 호박돌로 다시
물결 따라 굴러 굴러
반들반들 자갈이 되고

또다시 세월에 풍파에
닳고 닳아 모래가 되어
쉬어 가는 곳

샛강 한적한 모래톱

이만하면 됐다!

물새 한 마리
낙관落款을 찍어 놓은
발자국

겸손 1

잣대를 들고
저울을 놓고
다른 사람 계량하기 전에
당신 어깨 넓이부터 재 보시라

그 사람 담을
당신 그릇 무게부터 달아 보시라

출발은 나부터인데
잘못 쓰여서
아량雅量은 간데없고
계량計量부터 하려 드네

겸손 2

담장 안 감나무
첫눈이 올 때까지 기다려
홍시 등을 걸었다

마당 안으로
장독대 항아리 뚜껑 위로
뒤뜰 부추밭 마른 꽃대궁 품으로
고루고루 앉을 자리 비추며
밤을 새워 손님맞이한다

겸손은 배려의 다른 말

가슴속으로 연을 보듬는
겨울 연못은
행여 손님이 젖을까
앉을 자리를
유리알처럼 맑게 닦아 놓는다

욕망

황금알을 낳는
거위의 배를 가르지 않는 지혜로
화분에 옮겨 놓은 겨울 대파를 기르듯이
흙살 위로 올라온 부분만 잘라 먹을 것

압력 밥솥의 안전장치는
단 하나
증기를 배출하는 구멍
뚜껑을
한 번에 열지 말 것

길들이고 가꿔야 하는
순연한 다스림

뽑아낼 수 없고
무한으로 키울 수도 없는
응축된 불꽃

반감

저항과는 좀 다른
이유 없는 반항과 닮은

성가신 여드름 같은

왜냐고?
그냥

꼭
사춘기 아들놈같이
반만 익어
대체로 떫은
반
감!

당황

여보
연애 시절
봉천동 산동네로
당신을 데려다주던 길
미끄럼틀처럼 가파른 골목
위태로이 주차돼 있는
승합차 뒤로 숨어
당신의 입술을 훔치려고 했을 때
우리 맘처럼 급했던
또 한 쌍이
빈 둥지인 줄 알고 불쑥
날아들었지

우리가 당황했다면
그쪽은 황당했겠지

웃음이 나
예뻤던 그때가

자꾸 생각이 나

동경 1

남태평양 군도의 족장

머리에 꽃 장식을 한
반라半裸의 여인

고요와 조짐만 보이는 곳

2인용 해먹 그리고
카누와 한 마리 다랑어

남위 17도, 서경 149도

동경은 빈칸!

동경 2

천당 밑에
분당
32층 아파트 옥상에
58억 펜트하우스

지상에서 흙을 퍼 올려
꾸며 놓은 피안彼岸에
소나무 두 그루

귀족처럼 만들어 달라기에
올라갔지

천당에서 오라 했으면
못 올라갔을 텐데
다행인 건
분당에서 불러
엘리베이터 닿는 높이

그나 나나
아직은
이 안!

영광 1

조국과 민족의 무궁한 영광이*
내가 알고 있는 영광의 전부였는데
또 다른 게 있을까
곰곰이 생각해 보다가
개인과 집안의 번영을 위해서
너무 소홀이 살았다는 반성을

하여
늦었으니 너무 거창한 것 말고
'숙제 잘하자'
소박한 것으로 걸어 놓고
부지런히 걸어야겠다
밀린 숙제가 많다

* 국민교육헌장 중.

영광 2

유명 인사를
만나거나 헤어질 때
반사적으로 튀어나오는 말

"영광입니다"

환청이었나
아님 개 같은 본능
납작 엎드려
배부터 까뒤집는 순발력
이런 추임새가 입에 붙어 있다니
고작 욕망을 욕망해서 기쁘다니
쩨쩨한 놈!

다시 태어나면 할 수 있을까
빛나지 않는 영광
밑거름되는 영광!

탐식

더 먹어

됐어요

국수라 금방 배 꺼져

더 먹어

충분해요

돌아서면 배고파

더 먹어

잡채 좋아했잖아

더 먹어

엄마 죽으면 권할 사람 없다

더 먹어

자 여기 더 먹어

아이 참! 됐다니까요

조금만 더 먹어 응~

엄마나 더 드세요

엄만 내 새끼 먹는 것만 봐도 배불러

자 한 숟갈만 더 먹어

다음 세대에는 못 볼

세시풍속

미리 좀
더 먹자!

끌림 1

노안이 온 뒤로
동년배의 여자 중에는
아내보다 예쁜 여자가 보이지 않아
휴~ 이제 놓여났구나!
시원한 맘 반
섭섭한 맘 반

그러다가도
도심 공원 산책길
눈길을 잡아당기는
싱싱한 젊은 꽃들
바람결에
향기를 흘린다

스멀스멀
뿌듯이 되살아나는
이 끌림!
잠시 눈앞이 맑다

끌림 2

어감이 좋다
추파를 던지는 느낌
나에게는 빨강
노박덩굴 열매의 노랑 받침 속 빨강
앵두의 빨강 그 우쭐한 색기

단골이 되고픈
빵집 여자의 눈웃음
같이 꿈꿔 보는 데자뷔

옷장 안에 독서 못 한 옷 더미
읽을 게 없는 옷장
새로 사서 재우고 싶은
이 끌림!

쾌감

이것은
감행이 주는
탈출의 오르가슴

점점 강도를 높여야만
그 느낌을 감지할 수 있는
중독과의 위험한 동거
보편적이라기보다 개별적인 취향

호기심과의 각별한 우정은
단순한 일탈과 변태 또는
정상과 비정상 사이에서
스포트라이트를 받을 때도 있지만
일상의 소소한 행복에 비하면
그 밝기는 반딧불 정도

매일매일을 열어 주는
아침 햇살이 없다면
쾌감! 너도 없다

해 설

소소한 삶의 순간에 만난 감정들을 위해

선주원(문학평론가, 광주교대 교수)

여보시게! 고생 많았네.
늘 바뀌는 '지금'에 얼마나 단련되고 감춰져야 했는가?

1.

우리의 삶은 순정한 그리고 소소한 감정을 무시하고, 뭔지는 잘 모르지만 어딘가에 있을 것으로 생각되는 것을 찾아서 달려가고 있다. 그 과정에서, 우리는 스스로 선택과 결정을 하지 못할뿐더러 주체적인 삶을 살아가지도 못한다. 다만 주변의 누군가와 비슷한 복제품처럼 살아가는 모양새를 보일 뿐이다. 그러면서도 아무렇지도 않은 척, 센 척하면서 살아간다. 그러기에 소소한 삶의 순간들에서 길어 올려진 감정들은 휘발되고, 무감정의 존재가 된 우리는 '살기 위해서', '상처 입은 자신을 지키기 위해서' 타인을 공격하기도 한다. 껍데기는 벗고 맨몸으로 다니는 민달팽이처럼 연약하면서도,

솔직하게 감정을 드러내려고 하지 않는다. 그러다 쓰러질 때가 돼서야 뒤늦은 후회를 할 뿐이다.

거창하지는 않더라도 솔직하게 자신의 감정들에 이름을 붙이고 소소한 감정들을 표현할 때, 우리는 삶의 길에서 쓰러지지 않고 '우듬지'처럼 듬직하게 견딜 수 있다. 어떤 자극에 대해 마음이 일으키는 반응이 감정임을 생각한다면, 삶의 길에서 맞닥뜨리는 수많은 자극에 어떤 예민함으로 반응하는가는 평정심을 갖고자 하는 삶에서 반드시 생각할 문제이다. 쓰나미처럼 밀려드는 번뇌 앞에서 피로하고, 짜증 나고, 화나고, 비루해지고, 슬퍼질 때, 반응하고 움직이는 감정을 기쁘고, 즐겁고, 희망 가득한 것으로 바꿀 것인가는 삶을 견디는 문제에서 매우 중요하다. 이것을 위해선, 지금의 마음이 어떻게 물결치고 있는지, 소소한 파문들이 어디로 쓸려 가고 있는지를 차분하게 들여다봐야 한다.

마음의 파문에서 생겨나는 감정들을 차분하게 들여다보면서 그 소소한 여행길에 동참할 때, 우리는 자신을 살리는 등대를 만날 수 있다. 아울러 그 등대를 따라 인간으로서의 품위를 지키는 존재감을 만들어 삶의 의미를 새롭게 꾸밀 수 있다. 소소한 감정들이 꾸리는 여행길에 동참해 우리를 살리는 등대를 마련하는 것은 박형욱의 두 번째 시집 『감정 여행, 그 소소한』에서 확인할 수 있다. 그의 첫 시집 『이름을 달고 사는 것들의 슬픔』은 표박하는 삶에서 이름을 달고 사는 것들이 근본적으로 갖는 슬픔의 문제를 천착해, 근본적인 취약함을 지닌 존재의 불완전성과 거기에서 생겨나는 슬픔을 보여

주었다. 첫 시집이 순정한 태도로 삶을 포용하면서 연약하고 취약한 것들에 대한 애정을 드러냈다면, 이번의 두 번째 시집은 슬픔을 넘어 감정의 다양한 양태들에 집중하고 있다. '감사'에서 시작해 '쾌감'으로 마무리되는 감정의 여행길에서 시인이 말하고자 한 것은 솔직함, 포용, 감사, 평정심 등인데, 이것들은 그가 평소에 보인 태도를 온전하게 드러내고 있다. 이번 시집에서 그는 평소 선술집에서 막걸리를 마시며 대화하듯이 편안하게 감사와 포용, 겸손 등을 말하고 있기 때문이다. 물론 그의 대화 중간에는 회한과 슬픔, 분노 등이 웃음과 함께 얼핏 얼굴을 비치고 있기도 하다.

2.

『감정 여행, 그 소소한』은 총 4부로 되어 있는데, 1부는 '감사'에서 시작해서 '복수'로 끝나고 있다. 그런데 왜 하필 '감사'에서 시작해 '복수'로 1부를 끝냈을까를 한참 생각했다. 그건 겸손하게 세상사를 대하겠지만, 자신이 '인간답지 못한' 존재가 되었을 때는 자기에게 가차 없이 복수하겠다는 그의 결연한 의지를 드러내고자 했기 때문이다. 역시 반골 기질의 박형욱 시인다운 의지를 드러낸 것이라 할 수 있다.

감사하다는 감정은 나름 넉넉하고 만족까지는 아니더라도 자족自足하는 마음에서 나온다. 기쁨을 다른 사람과 함께 나누고 싶고, 사랑스럽게 사물을 대하고자 하는 태도에서 나온다.

한 석 달 마을을 비웠다가
돌아오는 내 첫 얼굴을 보곤
아랫집 아주머니가 인사로 던지는 말

잘 놀다 왔어유~?
…(중략)…

잘 놀다 가는 게 잘 사는 거라
기분 좋게 일러 주신다
…(중략)…

고맙다!
잘 놀고 계신다
오늘 하루 또 잘 살아 계신다

—「감사 1」 부분

우리는 태어나서 죽을 때까지 저마다 삶의 이야기를 만들며, 그 이야기가 나름대로 의미 있게 다른 사람에게 이해되기를 바란다. 우리 삶의 이야기가 의미 있게 이해되기 위해서는 이야기 안에 있는 행위들이 해명되고, 그런 해명을 통해 우리 삶의 이야기가 통일성 있게 짜져야 한다. 그런데 우리는 치명적인 인간적인 한계, 즉 미래를 예측할 수 없는 예

측 불가능성을 받아들일 수밖에 없다. 이 때문에, 우리는 그저 현재를 최선을 다해 살아갈 수밖에 없는데, 이때 우리에게 필요한 것은 '잘 노는' 것이다.

현재에 '잘 노는 것'은 기분 좋게 자족하면서 고통 속에서도 현재를 수용하는 것이며, "오늘 하루 또" 살아 있는 것이다. 살아 있는 것은 지속될 삶의 이야기를 계속해서 만들어 가는 것이며, 그렇게 만들어진 삶의 이야기는 기억과 망각의 풍화 작용 속에서도 결코 말라 죽지 않는 씨앗으로 남아 있을 것이다. 씨앗으로라도 남을 삶의 이야기가 자식에게 전해질 때, 자식은 사랑스러우면서 살짝(?) 질투의 대상이 된다. 굳이 프로이트를 언급하지 않더라도, 자식은 아버지를 넘어서야 세상에서 독립할 수 있고, 아버지는 자식에게 져야만 그가 만든 삶의 이야기를 전할 수 있다. 애증이 교차하는 아버지와 자식의 관계임에도 아버지는 자식을 흐뭇하게 바라보고자 한다.

아들아

넌

아빠가

누군가보다 못났다고

비교당했을 때도

흐뭇했던

단

한 사람!

—「질투 1」 전문

아버지가 자식보다 한 세대 앞서 세상에 내던져진 채 겪었던 수많은 이야기를, 아들이 겪어야 할 세상을 다 말해 줄 수는 없다. 그저 흐뭇하게 때로는 안타깝게 바라보고 응원할 뿐이다. 물론 그 응원의 많은 것은 아들에게 가닿지 못할 것이고, 때로는 충분하지 못할 것이다. 그렇지만 아버지는 자신이 흐뭇하게 바라보는 아들의 삶이 탄탄대로大路는 아니더라도 그만의 소로小路라도 만들기를 바랄 뿐이다. 이런 아버지는 "아무리 센 척하는 사내"일지라도, 아들을 위해 대담한 아내에게 기꺼이 무릎을 꿇는다. 그러나 이런 아버지도 세상의 풍파에 힘들고 지치고 외로울 때는 친구가 필요하다. 아버지가 외로울 때 가장 먼저 찾는 친구, 조강지처는 술이다.

취직하고 결혼을 하고
지지고 볶고 살면서
기쁠 때나 슬플 때나
술은 늘 내 곁을 지켜 줬다
…(중략)…

내게 술은 조강지처다
이 애달픈 것과
어찌 헤어질 생각을 한단 말인가

—「음주욕 1」부분

가장인 아버지는 가족 내에서 권위적인 존재이면서도 가

정사를 책임져야 하는 고독하고 외로운 존재이다. 자식들이 커 갈수록 아버지의 자리는 줄어들고, 권위가 아닌 친밀함을 요구받는다. 친밀함에 익숙하지 않은 아버지는 당황하면서도 가족을 책임져야 한다는 당위 앞에 애달픈 삶을 위무받고 싶어진다. 이때 술은 조강지처처럼 언제나 조용히 친구가 되어 곁을 지켜 준다. 그러기에 술은 고독하고 외로운 아버지의 마음을 풀어헤쳐서 영원히 짝사랑하게 만든다. 그래야 아버지는 숨이 쉬어지고, 정신이 흐린 가운데서도 맑은(?) 시간을 채울 수 있기 때문이다.

특히 어려서부터 "명령형인 말투에는 반항부터 했"고 "제멋대로" 살아왔던 아버지에게도, "고개 좀 내밀면 뜯기고 마는 잡초처럼" 슬픔과 고독을 달고 살아온 아버지에게도 숨 쉴 시간이 필요하기 때문이다. 물론 술이 아버지의 모든 것을 해결해 주지는 않을 것이다. 숙취 속에 늘 후회가 "주머니 속의 송곳"처럼 온몸을 쑤시고, 그 고통은 "후회할 일은 안 만들겠다"는 사람이 되고자 다짐하게 했다. 그러기에 아버지는 "후회할 일은 안 만들겠다는/ 사람이 있으면/ 손잡아 주"고 싶으면서도, 자신의 길을 내어 살고자 한다. 또한 "거리의 바다/ 바람에 쓸려 다니는/ 전단지"처럼 허무한 허상일지라도, "욕망과 절망의 비빔밥"인 희망을 버릴 수는 없다. "잘 놀다 가는" 삶을 살아가야 하는 아버지가 되어야 하기 때문이다. 그런 아버지에게 진정한 적은 '나'이다. "먼 길을 돌아 찾아낸/ 영원한 출발점"인 '나'가 진정한 '나'의 적이기에, 그런 적에게 복수하는 것은 '사람다운 사람'이 되고자 하는 결기를 갖는 것이다.

3.

　2부는 '조롱'에서 시작해서 '오만'으로 끝나는 여행길이다.
이 여행길에서 시인은 시종일관 웃음을 잃지 않으면서도 겸
손한 태도로 소소한 일상을 말한다.

　　세상에나! 이 땅에
　　이렇게 미인이 많은 줄
　　미처 몰랐네

　　마주 오는
　　모오든 여자들이
　　마스크를 쓰고
　　다가오기 전까지는
　　미처 몰랐어

　　…(중략)…

　　눈으로만 말해요
　　다시 마스크 벗고 살아도
　　앞으로는

눈으로만 말해요

—「조롱」 부분

「조롱」에서 시인은 코로나 상황에서 마스크를 쓴 채 만난
모든 여자들이 미인으로 보였음을 웃음기 머금은 입담으로
말하면서도, 진정한 만남은 자기 말만 하는 것이 아니라 듣
는 것임을 말하고 있다. "입은 닫고 귀는 열고/ 맑게 닦은 마
음의 창"이 있어야만 진정한 만남이 가능하며, 그런 창을 만
들어야 함을 겸손하게 역설하고 있다.

그러기에 시인은 마음의 창을 맑게 닦기 위해 "감 놔라 배
놔라"고 훈수를 두는 구경꾼들이 아니라, 진정한 선생을 만
나고자 한다. 그러나 오랜 세월이 흘러도 그런 선생은 그 어
디에서도 찾을 수 없기에 혹은 이미 세상을 떠났기에, "꼭 한
번만이라도/ 죽기 전에……" 그런 선생을 찾기 위해 헤맨다.
그런 헤맴 속에서도 "불쏘시개로 쓰이다 사라져 간/ 수백 수
천만의 영혼들을 위해/ 다시 한번 묵념을" 할 뿐이다. 그 묵
념은 "모래 폭풍 자욱한 사막" 같은 심연에서 올라오는 "지독
한 갈증의 환상"을 지우고, "미망의 늪에서/ 허송한 세월"을
참회하면서 "남루한 자화상"을 바라보는 시간이다.

그 시간 속에서도 우리는 행복으로 가는 길을 열어야 한
다. 그 길은 신기루 속에, 동굴 밖에 있다. 신기루의 연무
를 걷어 내고 에우리디케의 간절하고도 애절한 부르짖음에
도 귀를 막은 채 탐욕의 길을 뒤돌아보지 않아야만, 그 길은
열릴 수 있다. 어째서 행복에의 길로 가야만 하는가? 누구

를 위한 행복에의 길인가? "타인의 희망을 훔쳐/ 절망을 빚는 놀이를 하지" 않기 위해서, 자신을 과대평가하지 않고 겸손하게 자족하는 삶을 위해서이다. "결핍이 있는 방랑자"이지만, 그래도 "부러울 것도/ 부족할 것도/ 없는 가족이 되"기 위해서이다.

"속물을 겸손으로 읽어버리는/ 대략 난감한 사태"에서 경험하는 낭패감 속에서도, 자신을 위해, 가족을 위해 행복에의 길로 가야 한다. 그 길에서 "나그네의 무심한 발길에/ 툭 차여/ 우르르 무너지"더라도 가야 한다. 그래서 분별이 있는 생을 만들어야 하고, 모든 것들이 "그래도 미워지면" 마음을 비워야 한다.

4.

3부는 '겁怯'에서 시작해 '수치심'으로 끝나는 여행길이다. 이 여행길에서 시인은 설날 아침에 또 한 살 먹는 '겁怯'의 시간에 "내 귀에만 들리는 귀울음 소리"를 "들려줄 길 없어 먹먹한 마음" 속에 지나온 삶의 이야기를 회상한다. 그 회상 속에 "한눈팔지 않고/ 열심히 살았는데 제자리"인 삶의 좌표에 절망한 친구를 이야기한다.

친구의 삶에서 "등대의 불빛은/ 점점 파리해 보"이는데, 시인은 그런 친구를 보면서 '나는 누구인가'라는 물음에 답하면서 진정성을 탐색하고자 한다. 그 탐색은 타인에 대한 연민으로 이어지고, 연민의 감정은 "너를 그윽이 바라본 건/ 쓰고 남은 여분의 감정"이었음을 성찰하는 것으로 이어진다. 이런 성찰은 동등한 위치에서 상대의 관점으로 상황을 이해하려는 마음을 갖지 못한 것에 대한 자책과 미안함으로 이어지기에, 용역 사무실에서 만난 익명의 두 외국인 노동자의 마음을 헤아리게 한다. 비록 외국인 노동자가 한국에 와서 노동하더라도, 시인은 그들이 각자의 이야기를 멈추지 말고 계속하기를 바란다. "그 맘 알 것" 같지만 말할 수는 없지만, 시인은 그저 그들이 "그냥 이대로" "쭉 달려" 온전하게 그들의 삶의 이야기를 완성하기를 바란다.

이런 시인의 태도는 사회적 약자에 대한 연민을 근간으로 한다. 시인은 그들의 삶이 자신과 무관하지 않으며, 그들의 고통이 가볍지 않음을 알고 있기 때문이다. 시인이 타인에 대한 연민의 태도를 지닌 것은 기본적으로 산다는 것, 살아간다는 것, 살아 낸다는 것의 무게가 실로 엄청나다는 것을 그 스스로 경험했기 때문이다.

숨을 붙들고 사는 것들은
왜
말이 끊기는 마디마다
하늘을 올려 보는 걸까

…(중략)…

홀로

제 몫의

나무를 심고 있다

—「슬픔 1」부분

숨을 붙들고 사는 것들은 저마다 온갖 풍파에도 살아왔
고, 살아남아야 한다. 그래야 생의 이야기를 만들 수 있고,
통일성 있는 삶의 이야기를 통해 산다는 것의 의미를 이해받
을 수 있다. 또한 삶의 이야기를 통해 말해지는 행위를 해명
할 가능성을 얻을 수 있다. 그러나 이런 일은 결단코 쉽지 않
기 때문에, 말은 쉽게 이어지지 못하고 자주 끊길 수밖에 없
다. 말이 끊기는 마디마다 우리는 그저 심호흡을 다시 가다
듬고 묵묵히 홀로 제 몫의 삶을 견뎌야 할 뿐이다. 그러다가
"슬픔이 여물어 인내심이 되면/ 곧 복종도 익숙해질" 때, 삶
은 비루해진다.

삶이 비루해질 때, 우리가 할 일은 "인제 그만/ 심호흡 세
번 하고 돌아서" "첫 마음자리 찾아가기"이다. 첫 마음자리
를 찾아가, "기대보다 많이 모자란 나"를 부지런히 단련해서
채워야 한다. 그 채움은 급하지 않고 천천히 이루어지고, 남
들의 "의도된 무관심"을 능히 견디는 것이다. 특히 남들의
"의도된 무관심"이 "지켜야 할 선"을 넘을 때도, 그 치욕의 고
통이 두려움을 주더라도, 그 두려움에서 도망치지 않는 것이
다. 그러면서도 겸손함으로 자신을 단련하는 것이다. "늙는
다는 것은/ 확신할 수 있는 어록의/ 부피가 줄어드는 것"이

기 때문이다.

그렇지만 삶이 비루함을 넘어서 수치스럽게 여겨질 때는 어떻게 해야 하는가? 수치심은 타인이 그들의 시선으로 우리를 폭력적으로 평가할 때 혹은 내 안의 타자가 나를 부끄럽게 여길 때 생겨난다. "말로 당한 구타"에서 생겨나 오랫동안 "멍든 자리가 아"픈 수치심에서 벗어나기 위해서는 자신의 존재감을 높여야 한다. 또한 "한 주먹 남은 자존심"을 지켜 "성깔"을 드러내, 조롱과 비난에 맞서 '내가 나로' 살아가야 한다.

5.

4부는 '사랑'에서 시작해 '쾌감'으로 끝나는 여행길이다. 내가 나로 살아가고, 할 수 있는 것을 하기 위해서는 평안의 상태에서 "이만하면 됐다!"를 생각하는 것이다. 이 생각은 "다른 사람 계량하기 전에" 자기 잘못을 생각하는 겸손의 태도로 이어지며, 다른 사람을 배려하는 것이다.

겸손은 배려의 다른 말

가슴속으로 연을 보듬는
겨울 연못은
행여 손님이 젖을까

앉을 자리를

유리알처럼 맑게 닦아 놓는다

—「겸손 2」부분

시인은 겨울 연못처럼 겉으로는 차가울지라도 속마음은
남을 배려하는 겸손의 마음으로, 자신의 욕망을 길들이고 가
꾸고자 한다. 이를 통해, 시인은 "뽑아낼 수 없고/ 무한으로
키울 수도 없는/ 응축된 불꽃"인 욕망을 순연하게 다스려,
"개인과 집안의 번영을 위해서/ 너무 소홀히 살았다는 반성"
을 하고자 한다. 이런 반성 속에, 시인은 "매일매일을 열
어 주는/ 아침 햇살"마저도 쾌감을 주는 것으로 받아들인다.

아침 햇살처럼 표 나지 않는 무심한 사물들에 대한 감사
와 겸손, 그리고 소소한 감정들의 표현은 박형욱 시인의 일
상 그 자체라고 할 수 있다. 그의 헤어스타일에서 알 수 있듯
이, 그는 마초의 기질을 풍기면서도 겸손하게 미물들을 보듬
어서 웃어 주는 삶의 태도로 살아왔기 때문이다. 그러기에 그
의 시들에는 슬픔과 회한이 있으면서도 웃음과 정직함, 그리
고 배려가 넘쳐나고 있다. 그의 삶과 시의 세계가 굳게 손잡
고 천천히 동행하는 시간은 즐거울 것이다.

여보시게!

여행 잘 하시게. 고생이 많겠네.

천년의시인선

0001 이재무 섣달 그믐

0002 김영현 겨울 바다

0003 배한봉 黑鳥

0004 김완하 깊은 마을에 닿는다

0005 이재무 벌초

0006 노창선 섬

0007 박주택 꿈의 이동 건축

0008 문인수 왜치는 산

0009 김완하 어둠만이 빛을 지킨다

0010 상희구 숟가락

0011 최승헌 이 거리는 자주 정전이 된다

0012 김영산 冬至

0013 이우걸 나를 운반해온 시간의 발자국이여

0014 임성한 점 하나

0015 박재연 쾌락의 뒷면

0016 김옥진 무덤새

0017 김신용 부빈다는 것

0018 최장락 와이키키 브라더스

0019 허의행 0그램의 시

0020 정수자 허공 우물

0021 김남호 링 위의 돼지

0022 이해웅 반성 없는 시

0023 윤정구 쥐똥나무가 좋아졌다

0024 고 철 고의적 구경

0025 장시우 섬강에서

0026 윤장규 언덕

0027 설태수 소리의 탑

0028 이시하 나쁜 시집

0029 이상복 허무의 집

0030 김민휴 구리종이 있는 학교

0031 최재영 루파나레라

0032 이종문 정말 꿈틀, 하지 뭐니

0033 구희문 얼굴

0034 박노정 눈물 공양

0035 서상만 그림자를 태우다

0036 이석구 커다란 잎

0037 목영해 작고 하찮은 것에 대하여

0038 한길수 붉은 흉터가 있던 낙타의 생애처럼

0039 강현덕 안개는 그 상점 안에서 흘러나왔다

0040 손한옥 직설적, 아주 직설적인

0041 박소영 나날의 그물을 꿰매다

0042 차수경 물의 뿌리

0043 정국희 신발 뒷굽을 자르다

0044 임성한 이슬방울 사랑

0045 하명환 신新 브레인스토밍

0046 정태일 딴못

0047 강현국 달은 새벽 두 시의 감나무를 데리고

0048 석벽송 발원

0049 김환식 천년의 감옥

0050 김미옥 북쪽 강에서의 이별

0051 박상돈 끌찌가 되자

0052 김미희 눈물을 수선하다

0053 석연경 독수리의 날들

0054 윤순영 겨울 낮잠

0055 박천순 달의 해변을 펼치다

0056 배수룡 새벽길 따라

0057 박애경 다시 곁에서

0058 김점복 걱정의 배후

0059 김란희 아름다운 명화

0060 백혜옥 노을의 시간

0061 강현주 붉은 아가미

0062 김수목 슬픔계량사전

0063 이돈배 카오스의 나침반

0064 송태한 퍼즐 맞추기

0065 김현주 저녁쌀 씻어 안칠 때

0066 금별뫼 바람의 자물쇠

0067 한명희 마른나무는 저기압에가깝다

0068 정관웅 바다색이 넘실거리는 길을 따라가면

0069 황선미 사람에게 배우다

0070 서성림 노을빛이 물든 강물

0071 유문식 쓸쓸한 설렘

0072 오광석 이계견문록

0073 김용권 무척

0074 구회남 네바강의 노래

0075 박이현 비밀 하나가 생겨났는데

0076 서수자 아주 낮은 소리

0077 이영선 도시의 풍로초

0078 송달호 기도하듯 속삭이듯

0079 남정화 미안하다, 마음아

0080 김젬마 길섶에 잠들고 싶다

0081 정와연 네팔상회

0082 김서희 뜬금없이

0083 장병천 불빛을 쏘다

0084 강애나 밤 별 마중

0085 김시림 물갈퀴가 돋아난

0086 정찬교 과달키비르강江 강물처럼

0087 안성길 민달팽이의 노래

0088 김숲 간이 웃는다

0089 최동희 풀밭의 철학

0090 서미숙 적도의 노래

0091 김진엽 꽃보다 먼저 꽃 속에

0092 김정경 골목의 날씨

0093 김연화 초록 나비

0094 이정임 섬광으로 지은 집

0095 김혜련 그때의 시간이 지금도 흘러간다

0096 서연우 빗소리가 길고양이처럼 지나간다

0097 정태춘 노독일처

0098 박순례 침묵이 풍경이 되는 시간

0099 김인석 피멍이 자수정 되어 새끼 몇을 품고 있다

0100 박산하 아무것도 묻지 않았다

0101 서성환 떠나고 사라져도

0102 김현조 당나귀를 만난 목화밭

0103 이돈권 희망을 사다

0104 천영애 무간을 건너다

0105 김충경 타임캡슐

0106 이정범 슬픔의 뿌리, 기쁨의 날개

0107 김익진 사람의 만남으로 하늘엔 구멍이 나고

0108 이선외 우리가 뿔을 가졌을 때

0109 서현진 작은 새를 위하여

0110 박인숙 침엽의 생존 방식

0111 전해윤 염치, 없다

0112 김정석 내가 나를 노려보는 동안

0113 김순애 발자국은 춥다

0114 유상열 그대가 문을 닫는 것이다

0115 박도열 가을이면 실종되고 싶다

0116 이광호 비 오는 날의 채점

0117 박애라 우울한 유전자

0118 오충 물에서 건진 태양

0119 임두고 그대에게 넝쿨지다

0120 황선미 길의 끝은 또 길이다

0121 박인정 입술에 피운 백일홍

0122 윤혜숙 손끝 체온이 그리운 날

0123 안창섭 내일처럼 비가 내리면

0124 김성렬 자화상

0125 서미숙 자카르타에게

0126 최을순 생각의 잔고를 쓰다

0127 김젬마 와랑와랑

0128 최혜영 그 푸른빛 안에 오래 머무르련다

0129 진영심 생각하는 구름으로 떠오르는 일

0130 김선희 감 등을 켜다

0131 김영관 나의 문턱을 넘다

0132 김유진 다음 페이지에

0133 김효숙 나의 델포이

0134 오영자 꽃들은 바람에 무게를 두지 않는다

0135 이효정 말로는 그랬으면서

0136 강명수 법성포 블루스

0137 박순례 고양이 소굴

0138 심춘자 낭희라는 말 속에 푸른 슬픔이 들어 있다

0139 이기종 건빵에 난 두 구멍

0140 강소남 야간 비행

0141 박동길 달빛 한 숟갈

0142 조기호 이런 사랑

0143 김정수 안개를 헤치고

0144 이수니 자고 가

0145 황진구 물망초 꿈꾸는 언덕에서

0146 유한청 크리스마스섬의 홍게

0147 이정희 모과의 시간

0148 모금주 빛의 벙커들 각을 세우고

0149 **박형욱** 감정 여행, 그 소소한